Lieber Herr Bofinger,
Es hat Spaß mit Ihnen gemacht. Sie sind sehr nett. Selsan

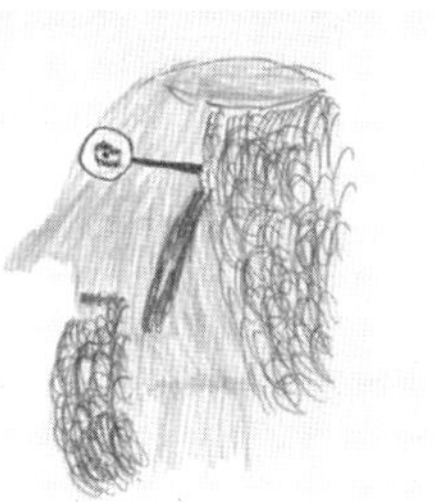

M. Manfred Bofinger

Manfred Bofinger

Ein dicker Hund

Geschichten mit Kindern

Manfred Bofinger

Ein dicker HUND

Geschichten mit Kindern

Mit 10 trefflichen Porträts
von Kinderhand
und mit 100 Vignetten
des Autors

Aufbau-Verlag

»Unsere Katze Polly kann keine Kinder mehr kriegen. Sie ist illustriert.«

Clara B., 8 Jahre

Für Turbinchen

Nichts
in diesem Buch
ist erfunden,
nicht einmal der Name
Bofinger,
wie manche Kinder
glauben.

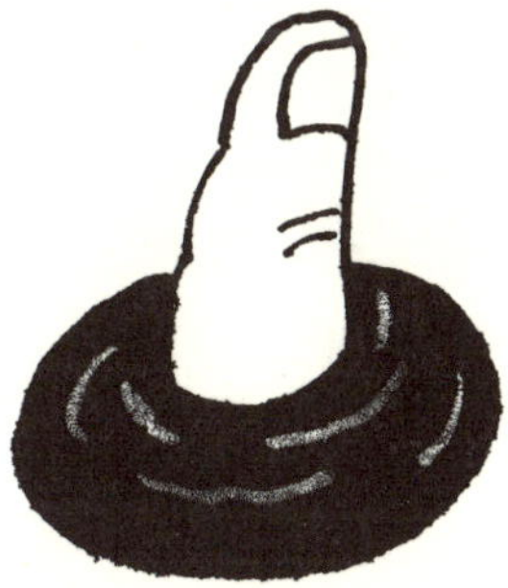

Volltreffer

Meine älteste Tochter Bettina ist eingeschult. Der erste Tag in der ersten Klasse hat begonnen. Die Kinder sollen sich vorstellen und den Beruf der Eltern nennen. Meinen beschreibt sie so: »Früher hat ja mein Papa mal gearbeitet. Aber jetzt zeichnet er nur noch Witze.«

Schall und Rauch

In einer dritten Klasse in Berlin-Prenzlauer Berg habe ich die blödsinnige Idee, meinen Vor- und Zunamen an die Tafel zu schreiben. Das mache ich sonst nie. Wir zeichnen zusammen, und mir fällt nach einer Weile ein Junge auf, der nicht mitmacht. Ich gehe zu ihm und frage:

»Warum machst'n nicht mit?«

»Ach«, sagt er, »ick zeichne nich jerne, aba lass'n sich nich stör'n durch mich, ick langweil' mich nich, ick kuck einfach nur zu.« –

Na gut, denke ich und mach weiter.

Die Stunde ist zu Ende.

Da kommt der kleine Zeichenmuffel zu mir und sagt: »Also, det war wirklich urst schau. Sie müssten öfters zu uns kommen. Na, uff jeden Fall, den Namen ...«, er guckt auf die Tafel, »Günter Bumfinger sollte man sich merken.«

Grenzen

Mein kleiner Freund Rainer ist ein eifriger Maler, ein künftiger Kollege vielleicht. Am Rande des gemeinsamen Wochenendgrundstücks, mitten auf dem Feld, fühlt er sich eines Tages von einem Milan bedroht, und er erzählt dies anschließend höchst aufgeregt.

Abends, wie so oft, soll ich ihm vorschlagen, was er malen könnte.

Ich sage: »Mal doch, wie der Milan dicht über deinem Kopf fliegt!«, und er antwortet nach kurzem Überlegen ziemlich enttäuscht:

»Ich bin doch nicht Albrecht Dürer.«

Ein dicker Hund

An einem glühend heißen Kindertag bin ich im Kindergarten um die Ecke eingeladen, gleich nach dem Essen. Die Kleinsten haben zwar noch den Mund voll mit Kuchen und Brause, aber ich beginne schon, an die Tafel den dicken Hund Arko aus Uwe Kants »Der kleine Zauberer und die große 5« zu zeichnen. Ich zeichne ihn in rasantem Lauf, über dem Boden schwebend, mit wehenden Ohren, und ich bin stolz darauf, dass er mir so wunderbar gelingt. Ein prima Hund, ein trefflicher Köter, wie er im Buche steht.

Ich spüre im Rücken die bewundernden Blicke aller Kinder, die dicht gedrängt hinter mir stehen, auf die Zeichnung starren und den Maleronkel mit seinem Hund in ihr Herz schließen.

Und da passiert das Furchtbare:

»Ein Vogel!«, ruft ein Kind.

»Eine Taube!«, ruft ein zweites.

Und plötzlich singen alle das Lied von der kleinen weißen Friedenstaube, während ich völlig demoralisiert auf meinen Arko starre. Mein künftiger beruflicher Lebensweg erscheint mir zweifelhaft und fragwürdig.

Nur nicht aufgeben, denke ich, beiß dich durch gegen diese kleinen Ignoranten, und ich male verbissen Löwen, Katzen, Giraffen, Krokodile, Kamele und Kängurus. Und alle werden, oh Wunder, auch prompt erkannt.

So kommt es, dass ich heute noch meinen Beruf ausübe.

Alternative

Meine inzwischen längst erwachsenen Freunde Caspar und Conrad hatten als Kinder einen kleinen gemeinsamen Spielfreund von nebenan, dem auch ich gern begegnete, denn er hatte stets und stoisch eine wundersame Antwort parat auf die Frage:

»Was möchtest du eigentlich später mal werden, Bruno?«

Sofort stand er kerzengerade und ernst vor einem und sagte wie aus der Pistole geschossen:

»Chemiker oder Komiker!«

Museum

Sollte es so etwas noch nicht geben, schlage ich hiermit die Gründung eines »Kindergipsarm-und-bein-Museums« vor. Die Exponate müssten natürlich wirklich getragen und aufs Schönste bemalt sein. Mein Platz in diesem kunstmusealen Bereich wäre gesichert, denn auf hunderte solcher Gipsprothesen musste ich schon zeichnen und signieren. So abwegig wäre solch eine Einrichtung schon deshalb nicht, da in den berühmtesten Museen der Welt meist nur Abgüsse antiker Marmorplastiken stehen, ebenfalls aus Gips.

Und bemalt waren die Originale ja wohl auch, vermuten die Experten.

Galerie

Der Liedermacher und Sänger Gerhard Schöne und ich sind mit vielen Menschen aus aller Welt eingeladen zum 2. Buchfestival in Managua.

Die Gebäude im Zentrum sind gezeichnet vom letzten großen Erdbeben.

Unser Hotel liegt am Stadtrand.

An einem freien Tag beschließen wir beide, noch weiter aus der Stadt in den schattigen tropischen Wald zu laufen, denn die Sonne brennt gewaltig seit unserer Ankunft.

Es dauert nicht lange, da stoßen wir auf eine kleine Siedlung mit indianischen Familien, die uns neugierig bestaunen.

Gerhard nimmt seine Gitarre und wir beide singen gemeinsam auf spanisch »El moco«, das »Lied vom Popel«.

Alle, vor allem die Kinder, sind völlig aus dem Häuschen, das heißt, überall um uns herum stehen nur einfache Lehm- und Laubhütten.

Und in die werden nun, während Schöne noch viele andere seiner Kinderlieder spielt und singt, meine bunten Bilder gehängt, die ich für die Kinder male. Im Nu ist eine Ausstellung entstanden. Mitten im Urwald von Nikaragua.

Eine Vernissage mit Musik.

Gefälle

Da hebe ich ganz schön verdutzt den Blick vom gezeichneten Meerschweinchen, das ich gerade signieren will, auf das kleine sommersprossige Mädchen, das da soeben gefragt hat:

»Herr Bofinger, sind Sie eigentlich berühmt oder nur bekannt?«

Verständigung

Eine Berner Buchhandlung hat uns zu einer gemeinsamen Kinderveranstaltung eingeladen. Gerd Fuchs wird aus seinem Buch »Charly, die Meistermaus« lesen, und ich, sein Illustrator, soll Bilder auf große Papierbögen zeichnen. Das kennen wir schon. Nur, dass wir im »deutschsprachigen« Bern einen Übersetzer brauchen, ahnten wir nicht. Aber Gerd Fuchs ist gerettet, denn der Buchhändler selbst übernimmt diese Rolle.

Ich dagegen benötige ihn erst, als mir zum Schluss die kleinen Berner ihre Tierwünsche nennen sollen. Das Berner Dütsch steckt wahrlich voller Geheimnisse.

Nur als der Kleinste seinen Wunsch äußert, brauche ich den Dolmetscher nicht:

»A Spinnerli!«

Dotierung

»Und nun bedankt euch nochmal schön bei unserem Gast für die lustigen Zeichnungen!«, ruft die Lehrerin den Kindern zu, »packt sie ordentlich in eure Mappe und knickt sie nicht. Zeigt sie zu Hause und hebt sie schön auf. Die haben später mal ganz viel wert, wenn der Künstler nicht mehr lebt!«

Unbezahlbar

In den letzten Jahren war ich mehrfach Gast in Uchtspringe, der Landesnervenklinik von Sachsen-Anhalt. Dort mache ich mit kleinen Gruppen behinderter Kinder und Jugendlicher meine »Elementarspiele«, wie ich sie nenne.

Unter der Aufsicht und zur Ansicht der dortigen Therapeuten entstehen mit großem Vergnügen für jeden von uns interessante und erstaunliche Arbeiten, die hilfreich bei Diagnose und Behandlung sein können. Am letzten Tag kommen alle noch einmal zusammen. Jede Gruppe überreicht mir stets etwas »Selbstgemachtes«, was mich sehr berührt. Das Beeindruckendste jedoch, was ich beim letzten Besuch bekomme, ist ein rundes blaues Plastestück mit Loch, das ein kleiner Patient nach der Verabschiedung heimlich und verschämt aus seiner Hosentasche holt, mir in die Hand drückt und flüstert:

»Komm doch mal wieder!«

Die Feministin

Während einer Unterhaltung mit Lausitzer Grundschülern über meine Arbeit als Cartoonist bemerke ich ein kleines blondes Mädchen mit lustigen Zöpfen, das mich unwirsch anschaut und sich schließlich meldet. Warum ich denn nur Männer in meinen Witzen zeichne, fragt sie streng. Ich bin etwas hilflos und überdenke mein Schaffen. Mir war die ungerechte Behandlung des weiblichen Geschlechts durch mich noch nie aufgefallen.

Da kommt mir möglicherweise der rettende Gedanke:

»Knollennasen, wie ich sie zeichne, weil ich eben keine besseren kann, gehören doch nicht in ein Frauen- oder Mädchengesicht. Stell dir vor, wie du mit deiner hübschen kleinen Sommersprossennase von mir verunstaltet würdest«, rasple ich Süßholz.

Und sie lächelt.

Personenkult

An der Otto-Nagel-Schule im märkischen Dorf Schönewalde prangt ein riesiges Transparent, weithin sichtbar:

Guten Tag, Manfred Bofinger!

Ich sitze noch im Auto, starre fassungslos auf die riesigen Buchstaben, sehe darunter alle Lehrer und Kinder der Schule stehen, die nun auch noch ein Begrüßungslied für mich singen, als ich gerührt und verlegen auf sie zugehe. Andere Melodie, anderer Text, und doch klingts für mich fast so wie Rio Reisers »... wenn ich König von Deutschland wär!«

Fatal

Dicht bei Zschopau, im erzgebirgischen Schloss Wolkenstein, nach einer Lesung aus meinem »Krummen Löffel«, erzähle ich übermütig den Leuten, die sich fast ausschütten wollen über meine Leibchen-Geschichte, dass ich mich bemühen wolle, ein Leibchenmuseum zu gründen in einem Ort, der so heißt. Und viele meinen, sie müssten noch irgendwo in Schränken oder Truhen einiges zum Thema finden. Noch in der Nacht blättere ich im Autoatlas und stelle enttäuscht fest, dass es keinen Ort dieses Namens gibt, weder mit »ei« noch mit »ai«.

Am nächsten Tag ist jeder Gedanke an das kühne, spontane Vorhaben verschwunden, zumal ich am Nachmittag im Bürgersaal des Zschopauer Rathauses eine Kinderveranstaltung habe, mit ganz anderem Inhalt. Denke ich. Doch siehe da, viele der Kinder, die den Raum betreten, legen mir auf den großen reichverzierten Bürgermeistertisch, den ich heute als Gast benutzen darf, durchsichtige Tüten mit Leibchen, Strapsen und Ösen.

Und sie rufen fröhlich:

»Das schenkt Ihnen meine Mutti!« oder »Schönen Gruß von meiner Oma!«

Ich sehe fassungslos, wie der barocke Tisch immer barocker wird.

Stunden später fahre ich nach Berlin. Hinten im Auto steht neben der Bücherkiste ein Karton mit den Leibchenteilen. Ich hoffe sehr, sollte ich in eine Verkehrskontrolle geraten, den Kofferraum nicht öffnen zu müssen.

Leipzig

Kurz vor Zehn stehe ich entspannt, aus Berlin kommend, vor der größten Leipziger Bibliothek und denke:

»Prima durchgekommen, ohne größeren Stau, die Kinder sind sicher schon drin, da winkt ja auch schon Roswitha!«

Und Roswitha, die berühmteste Bibliothekarin Sachsens kommt etwas verhalten auf mich zu, nicht ganz so die Arme ausbreitend wie sonst, und sagt:

»Bofi, mein Lieber, irgendwas ist schief gelaufen, es sind nicht dreißig Kinder da, unser ganzes Haus ist voll, aber du schaffst das schon, wie ich weiß!«

Die geliebte Buchstadt hat mich wieder in ihren Fängen.

Für
Manfred
Bofinger

Inkognito

Im Berliner Kinderliteraturhaus »LesArt« baue ich mit einer dritten Klasse Bilder nach meinem konstruktivistischen Buch »Graf Tüpo«.

Die Phantasie der Kinder ist nahezu grenzenlos, und sie konstruieren zwei Stunden lang immer wieder Neues und Verrücktes.

Viele Wochen später stehe ich missmutig im Regen an einer Straßenkreuzung und warte darauf, dass die Ampel endlich Grün zeigt.

Zwei Jungen hampeln neben mir.

Beide kommen mir irgendwie bekannt vor.

»Sind Sie nicht der Herr Tüpo?«, fragt der eine.

»Mensch, der heißt doch Buchfinger!«, verbessert ihn der andere.

Im Nu habe ich gute Laune.

Der süße Brei

Die Schachtel mit den teuren Aquarellstiften ist fast neu.

Ich habe sie mit an den Strand genommen, weil mir aufgefallen war, wie großartig die getrockneten Farben auf der Haut leuchten.

Im Wasser lassen sie sich leicht abwaschen.

Ich bemale also meine Kinder und die meiner Freunde, nicht nur einmal, sondern mehrmals am langen Sommertag.

Am nächsten Morgen fragen Kinder aus den Nachbarburgen, ob sie auch mal dran wären. Dafür habe ich Verständnis, zumal meine Farben überraschend ergiebig sind.

Am dritten Tag steht bereits eine sehr lange Schlange neben unserem Windschutz. Außer einer kurzen Stullen-, Obst-, Kaffee- und Rotweinpause arbeite ich durch bis zum späten Nachmittag.

Am Wochenende versinkt die Sonne bereits im Meer, als ich den letzten Farbtupfer setze. Denn es passiert ja nicht nur, dass nun auch die Kinder von den äußersten Rändern des Rügener Nordstrands zu mir kommen. Inzwischen sind ja auch viele neue Urlauberfamilien angereist.

Irgendwann sind die Farben nachweislich alle.

Und der Urlaub beginnt.

Zirkus

Seiltanzen und Trapezflüge waren nie so mein Ding.

Schon früh litt ich unter Höhenangst. Aber einmal im Leben Dompteur im Löwenkäfig zu sein, war schon mein Wunsch als Kind.

Und eines Tages geht er in Erfüllung.

Der Zirkus Aeros bittet mich, in Leipzig bei einer Benefizveranstaltung für UNICEF mitzumachen.

Meine Frau, die den Anruf entgegennimmt, weiß längst von meinem Wunsch und empfiehlt mich in meiner Abwesenheit prompt als Löwenbändiger.

Nun wird es ernst.

Ich muss Farbe bekennen.

Zwei Tage Training.

Dann Auftritt in Livree, mit Stock und Peitsche.

»Nur nicht die Namen der vier Löwen verwechseln!«, denke ich.

Meine Frau, meine Kinder, meine Enkeltochter, einige Freunde und Bekannte sitzen unter den vielen Zuschauern.

»Du darfst deine Glaubwürdigkeit nicht verlieren!«

Ich unterdrücke tapfer das Lampenfieber.

Alles geht gut.

Die Löwen sind satt.

Diese Zeilen beweisen es.

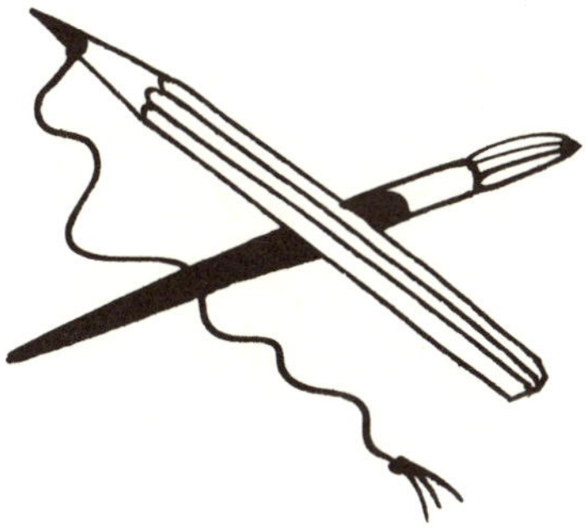

Ossi

Nach einem schweren Unfall liege ich ein halbes Jahr mit zwanzig anderen Patienten auf der Unfallstation der Berliner Charité. Ein kleiner Junge mit Armbrüchen ist darunter und ein geistig behinderter hünenhafter Mann namens Oswald, der durch Spreizgips zur Unbeweglichkeit verdammt ist.

Er erzählt, wenn er schmerzfrei ist, seltsame lustige Geschichten, ruft mit lauter, krächzender Stimme sein »Alibaba-Alibaba!« durch den Saal und wird von allen nur »Ossi« genannt. Täglich klettert der kleine Patient mit dem großen Gipsarm zu ihm aufs Bett, legt sich neben ihn und lauscht Ossis Versionen von Grimm'schen Märchen. Der Junge hört mit großem Ernst zu und stellt nie eine Frage. Er scheint völlig zufrieden und einverstanden zu sein mit Ossis phantastischen Erzählungen.

Ich behaupte, selbst die Gebrüder Grimm wären begeistert gewesen.

Auferstehung

Bei einem märkischen Dorffest sitze ich zeichnend unter einer Markise und freue mich, dass es mir trotz der Bullenhitze eigentlich ganz gut geht.

Da nahen zwei Gestalten wie Max und Moritz und äußern selbstbewusst ihre Wünsche. Irgendwie wirken sie seltsam beruhigt.

Beide reichen mir bei der Blattübergabe artig die Hand und sagen strahlend, allerdings auch ein wenig verschämt:

»Wir dachten, Sie sind schon lange tot!«

Erkenntnis

In der Strasburger Grundschule habe ich eine Ausstellung, »Bilder für Kinder«. Ich werde umringt von Schülern und Lehrern, bekomme einen riesigen Sommerblumenstrauß überreicht und als besondere Überraschung eine Mappe mit vielen farbenfrohen und verblüffend ähnlichen Porträts, die die Schulkinder von mir gemalt haben.

Ich bin begeistert. Wenige Staatsoberhäupter können sich mit mir messen!

Aber wer von denen möchte auch aussehen wie Räuber Hotzenplotz oder Riese Timpetu, wie Rübezahl oder Athlete Graulich, wie Klaus Störtebeker oder Ritter Tunichtgut, wie Rumpelstilzchen oder Doktor Eisenbart, wie Barbarossa oder Robin Hood, wie der Nikolaus oder Old Shatterhand, wie der Holländermichel oder John Silver?

Plötzlich spüre ich, wie alle in mir stecken.

Kinder sind großartige Psychologen.

Inflation

In Ravensburg soll ich eine Ausstellung mit sechzig deutschen Kinderbuchillustratoren eröffnen. Am winzigen Flughafengebäude von Friedrichshafen holt mich ein älterer Fahrer der Stadt Ravensburg ab.

»Herr Bofinger?«

Ich steige zu ihm und spüre, dass ihn etwas beschäftigt. Nach längerem Schweigen fragt er mich endlich: »Sagen Sie bitte, sind Sie mit unserem berühmten ›Schuhhaus Bofinger‹ verwandt?«

Ich bedaure, aber gehe prompt am Tag nach der Vernissage dort zwei Paar teure Schuhe kaufen und bezahle sie listigerweise nicht anonym, sondern mit der Kreditkarte, um eine hübsche Überraschung und möglicherweise einen kleinen Rabatt zu provozieren.

Aber die Verkäuferin sagt nur sehr freundlich: »Ach!« Und ich stehe da mit zwei Schuhkartons und sozusagen als württembergischer Schulz.

Namensgebung

Durch die vielen Buchbasare, auf denen ich nicht nur Exemplare signieren, sondern auch widmen musste, weiß ich seit langem, welche wundersamen Vornamen Kinder haben können.

Ich kenne Namensgebungstrends und wundere mich nicht mehr über unterschiedlichste Schreibweisen:

Maik, Meik oder Mike.

Philip oder Philipp.

Anette, Annette oder Annett.

Stefan oder Stephan.

Katrin, Kathrin oder Catherine.

Eileen, Ayleen oder Aileen.

Auch die verschiedenen Schreibweisen der phonetischen Schmidt-, Schulz- oder Katschubowski-Familien sind mir vertraut.

Gewundert habe ich mich nur über den Namen, den mir der Mann an der Hotelrezeption in Karachi gab, im Anmeldeformular der pakistanischen Hafenstadt. Ein Blick auf die falsche Passseite ist schuld.

Von nun an heiße ich dort Mister Groß Graugrün.

Bescherung

Nachbarn aus der dritten Etage haben mich gebeten, den Weihnachtsmann zu machen. Ihr Enkel käme zu Besuch.

Ich kann ihnen diesen Wunsch nicht abschlagen, zumal ich eine sehr schöne Weihnachtsmannlarve besitze.

Bis zum Heiligabend hat sich meine Dienstleistungsbereitschaft im Haus herumgesprochen. So muss ich schließlich vier Bescherungen hinter mich bringen.

Einige der Kinder tun mir sehr leid, denn gerade die Selbstbewusstesten und Kessesten sind heute die Ängstlichsten und Ehrfurchtsvollsten.

Verdammt! Ich hänge voll drin im bösen Spiel, bin sogar die Hauptfigur.

Die Kleinen merken nicht einmal, dass irgendetwas faul ist, wenn ich meine Larve wegziehe, um die zahlreichen angebotenen Schnäpse zu trinken, die dem Weihnachtsmann in den vier Wohnungen angeboten werden.

Sie wundern sich höchstens ein bisschen, dass darunter dasselbe bärtige Gesicht noch einmal auftaucht.

Zur Strafe bin ich nach allen »Hausbesuchen« schon blau, bevor in der eigenen Familie die Bescherung losgeht.

Ohne Weihnachtsmann.

Süßer die Glocken nie klingen ...

Premiere

Mitte der Siebziger Jahre habe ich meine erste Kinderveranstaltung.

Uwe Kants »Der kleine Zauberer und die große 5« ist gerade erschienen. Mit meinen Illustrationen.

Offenbar finden viele kleine und große Menschen Gefallen an meinem ersten Bilderbuch.

Ich stehe also plötzlich vor dem Leipziger Hauptbahnhof im Schneetreiben, werde freudig begrüßt und zu kleinen Lesern in die Bibliothek gefahren.

Ich bin sehr aufgeregt.

Was werde ich mit den Kindern machen?

Wie werden sie reagieren?

Ich lege mich mächtig ins Zeug und zeichne mir auf einer großen Tafel die Finger wund, erzähle die ganze Geschichte des Buches und bin nach einer Stunde fix und fertig, aber glücklich darüber, offensichtlich mit Bravour diese für mich neue Situation gemeistert zu haben.

Allerdings machen mich zum Abschied Bemerkungen der Bibliothekarin und der Lektorin nachdenklich:

»Und passen Sie immer schön auf sich auf!«

und

»Denken Sie bitte in Zukunft auch an Ihre Gesundheit!«

Ähnlichkeit

Mitte der Siebziger Jahre, anlässlich der Berliner Festtage, ist das beliebte Prager Marionettentheater »Spejbl und Hurvinek« zu Gast. Überall an den Litfasssäulen hängt das schöne große Plakat meines Kollegen Otto Kummert. So auch an der Straße, die wir gerade mit dem Auto durchfahren.

»Da sind sie ja wieder«, sagt mein fünfjähriger Sohn Fabian, »Spebel und Honecker!«

Neid

Ich fahre von der Hamburger City an den Stadtrand. Ein Jahrhundertsommer lässt die Menschen unter der Hitze stöhnen. Die kühlen Räume der Katholischen Akademie, die unter hunderten auch einige meiner Kinderbuchillustrationen beherbergt, habe ich wehmütig verlassen müssen. Die Stadt glüht, und ich kann nicht behaupten, mich auf die Veranstaltung zu freuen, die ich da draußen in einer Reinbeker Schule machen soll. Wieso laden mich überhaupt diese gemeinen Kinder ein, statt sich in Eisdielen, Kühlhäusern oder schattigen Wäldern zu verstecken?

Auf halbem Fußweg zwischen Bahnhof und Zielort schleiche ich schwitzend über eine Brücke. Unter ihr ist ein Alsterbad, in dem sich viele Kinder tummeln, die mich nicht erwarten. Wie gern gäbe ich ein Gastspiel da unten.

Mit Badehose. Und mit Wasserfarben, versteht sich.

Ernte

Wenn ich zwischen Rostock, Görlitz, Magdeburg und Suhl zu Kinderveranstaltungen unterwegs bin, kehre ich stets mit dem Auto heim, als wäre ich ein floristischer Großhändler.

In den neuen Bundesländern wird die DDR-Tradition bewahrt, einem Autor oder Illustrator zum Schluss seines Besuchs als Dank einen Blumenstrauß zu überreichen.

Schnittblumen waren damals etwas Kostbares. Und billig sind sie heute auch nicht gerade.

Unsere Wohnung ist dann tagelang ein großes duftendes Blumenmeer.

Trickreich habe ich die Buketts frischgehalten, in feuchten Zeitungen und Hotelduschen.

Meiner Blumenfrau in der Straße muss ich nie erklären, warum ich längere Zeit kein Kunde bei ihr war. Sie kennt meine beneidenswerte, für sie nicht gerade gewinnbringende Situation.

In einer Prignitzer Dorfschule überreichen mir alle Erstklässler kleine Sträuße, manchmal nur aus zwei Blümchen bestehend. Alle haben für mich den Schulgarten geplündert. Und jedes Kind will sich von mir persönlich verabschieden.

Die Lehrerin legt noch etwas Selbstgemachtes drauf, ein Glas Himbeermarmelade und ein Fässchen Leberwurst.

Ich habe einen wahrhaft erträglichen und ertragreichen Beruf.

Post

Über Jahre hatte ich eine kleine Korrespondenzfreundin aus Cottbus, die mir nicht nur entzückende Briefe schickte, sondern auch die Kuverts aufs Feinste verzierte und beschrieb. Rosen und Herzen gehörten zur Grundausstattung. Auch ein Kussmund gesellte sich manchmal dazu. Und in den vier bunten Briefumschlagwinkeln stand oft:

»In allen / vier Ecken / soll Liebe / drin stecken.« oder

»Briefträger! / Eile! / Manfred hat / Langeweile.«

SC HOLL SCHULE
KLASSE 4a
Renir
Knaack

Indien

Auf einer vierwöchentlichen Arbeitsreise nach Delhi und Bombay erlebt und beobachtet man die unterschiedlichsten Kinder.

Schüler in farbigen Uniformen.

Bettelnde Kinder zwischen fahrenden Autos mit Babys auf dem Arm.

Reiche gelangweilte Kinder in Luxushotels.

Kleine Maler im »Bagh Bhawan«, dem Kinderhaus von Delhi.

Kleine Arbeiter oder Lastenträger.

Kinder in Swimmingpools.

Leprakinder im Straßendreck.

Kinder beim Tanzen und Musizieren.

Lachende Kinder beim Weihnachtsspiel in der Botschaft.

Bei sengender Dezembersonne spielen deren Eltern Andersens »Schneekönigin«.

Und ich habe dazu schwitzend die Kulissen gemalt.

Aufrecht

Soeben hat mir die liebenswürdige Bibliothekarin erklärt, dass hier in der kleinen Kapelle von Wust der Leichnam Kattes liegt, des Jugendfreundes von Friedrich dem Zwoten.

Ich kenne diese grauenvolle Katte-Geschichte natürlich längst und weiß, dass der junge Friedrich auf Befehl seines Vaters, des Preußenkönigs, zur Strafe für Ungehorsam und Fluchtversuch zusehen musste bei der Enthauptung des vertrauten jungen Rekruten. Aber, dass sich die Überreste Kattes hier in diesem kleinen Dorf am Rande der Altmark befinden, ist mir neu.

Auch dass irgendwann einmal einige Halswirbel abhanden kamen, erfahre ich. Kattes Skelett ist sozusagen nicht mehr ganz komplett, wie die nette Bibliothekarin berichtet.

Benommen von diesem makabren Empfang, will ich mit ihr die kleine Schule gegenüber betreten, um mich, wie mir geschrieben wurde, im Raum einer zweiten Klasse zu entspannen. Aber die heitere Frau führt mich an der Schule vorbei zur Turnhalle, die vollgestopft mit lautstarken Kindern ist.

Eine ebenfalls heitere Direktorin ruft strahlend, dass man für ein paar Kinder keine Ausnahme machen wolle, wenn man schon einen so seltenen Gast hier hat.

Ich füge mich benommen und verkrampft lächelnd, versuche vergeblich, den Kindern etwas zuzurufen und stehe schließlich inmitten der Halle an einer Tafel, zeichne vor mich hin und fühle mich ein bisschen wacklig.

Wie der halswirbelarme Katte.

Zirzensisch

Für alle, die nicht wissen was ein »Flipchart« ist:

Das ist eine zusammenklappbare beziehungsweise aufstellbare metallische Tafel, die mit einem sehr großen Zeichenblock bestückt werden kann.

Sie gehört zum Inventar besser finanzierter Bibliotheken und steht einem Illustrator zur Verfügung, wenn er dort zu Gast vor Kindern große Bilder entstehen lässt.

In der neuen Bücherei von Tauberbischofsheim darf ich als Erster an so einem Gerät stehen, das so neu ist wie das ganze Haus.

Und vermutlich haben sehr zarte Bibliothekarinnenfinger die Halterungsschrauben der ausgefahrenen Flipchartbeine stabilisiert.

Denn plötzlich, als ich mein Begrüßungsbild aufs Papier bringen will, neigt es sich im Zeitlupentempo immer weiter nach vorn.

Ich verliere den Halt.

Und mit lautem Krachen falle ich auf die zusammengeklappte Tafel.

Wie eine Padde liege ich auf meiner begonnenen Zeichnung.

Eigentlich brauchte ich sie gar nicht zu beenden und weitere hinzuzufügen.

Denn es erhebt sich ein tosender Beifall für diese gelungene Nummer.

Die Kollegen nach mir werden es schwer haben.

Farbenlehre

Im Frühjahr 1975 sitze ich in Frankfurt/Oder in einem Kolloquium, das ich genau genommen verursacht habe.

Ich sitze sogar im Präsidium, zusammen mit Kollegen wie Werner Klemke, Ingrid Schuppan und Gertrud Zucker.

Mein blauer Hund Arko aus dem Bilderbuch »Der kleine Zauberer und die große 5« führt zur scharf gestellten Frage, die über dem Kolloquium wie ein Damoklesschwert schwebt:

Darf der Hund blau sein?

Kaum einer im Saal hat offenbar Lust auf diese zoologisch-ästhetisch-pädagogische Auseinandersetzung.

Jeder will lieber ein Glas Wein trinken oder ein Bierchen zischen, wovon ein so großer dicker Hund wie Arko möglicherweise blau werden könnte, wie ich gleich zu Beginn etwas hilflos anmerke.

Irgendjemand verweist ebenso hilflos auf Franz Marcs »Turm der blauen Pferde«.

Dann herrscht Schweigen.

Bis sich plötzlich Uwe Kant, der Autor des Bilderbuchs meldet und meint, er hätte zwar keine Ahnung von Bildender Kunst, aber er glaubt, wenn ein Hund reden könne, dürfe er auch blau sein.

Riesenbeifall.

Das Kolloquium wird beendet.

Vogelbeine

In meiner bescheidenen Spielzeugsammlung befindet sich neben anderen Merkwürdigkeiten ein vierbeiniges Plastehuhn auf Rädern, erstanden auf einem pakistanischen Basar.

Dieses Huhn begegnet mir eines Tages wieder in gemalter Form, als Beitrag zu einem Kinderzeichenwettbewerb. Ich finde das Bild umwerfend, auch farblich. Und ich will ihm einen vorderen Platz zuerkennen. Aber es gelingt mir trotz Juryvorsitz nicht, die vier Vogelbeine gegenüber meinen naturwissenschaftlichen Kollegen zu verteidigen.

Mein Argument, dass Tausendfüßer nicht einmal fünfhundert Beine hätten, überzeugt sie nicht, und dass Neunaugen nur zwei Augen haben wie jeder normale Fisch, schon gar nicht.

Enttäuschung

»Wo hast du denn so gut zeichnen gelernt?«, werde ich oft von Kindern gefragt.

Ich sage ihnen dann, nachdem ich mich für das Lob bedankt habe:

»Zuhause, ich hab mir das selber beigebracht.«

Die beste Antwort, die ich bisher darauf bekam, war:

»Schade, wir ham für alles Lehrer.«

Kurzweil

Ich fliege mit einem Flugzeug der LOT nach Paris.

Vor mir in der ersten Reihe stillt eine Asiatin ein Baby, neben ihr sitzt ein etwa fünfjähriges Mädchen.

Auf halber Strecke gibt eine polnische Stewardess uns allen französische Einreiseformulare, auch der Mutter, die damit nichts anzufangen weiß, denn sie versteht offensichtlich weder die Sprachen auf dem Papier noch deutsch, polnisch oder russisch. Hilflos dreht sich die Frau zu mir um. Ich weiß zuerst keinen Rat, aber dann versuche ich, für eine angegebene Frage ein naives Piktogramm zu finden, und die Miene der Mutter hellt sich auf.

Sie schreibt etwas in einer für mich fremdartigen Schrift in die schmale Spalte.

So beantworten wir schließlich Frage für Frage, auch mit Hilfe der Fünfjährigen, die gemeinsam mit der Mutter überlegt.

Nur in einem Fall gelingt mir beim besten Willen nicht, ein verständliches grafisches Kürzel zu finden.

Das Flugzeug beginnt bereits den Landeanflug.

Da naht eine zweite Stewardess, der ich unser Problem erklären will. Doch die sagt lächelnd:

»Oh, sie muhs niecht beahntworten, sie iest Mitglied der korreanieschen Bottschahft!«

Nebenberuf

Die Georg-Maurer-Bibliothek in Leipzig hat ein beeindruckendes Entree. Dort finden regelmäßig Ausstellungen mit Kinderbuchillustrationen statt.

Diesmal sind es meine.

Die vertrauten Bilder hängen in Rahmen an weißen Aufstellern, die ein großes »U« bilden.

Alles sieht sehr überzeugend aus.

Ich bin zufrieden und stolz.

In der Mitte stehen drei Lederhocker.

Mehr ist nicht zu sehen in diesem quadratischen Raum, außer einer Grundschulklasse, die sich soeben meine Werke angeguckt hat und nun unter Führung der Bibliothekarin die Ausstellung verlässt in Richtung Veranstaltungszimmer.

Denn gleich werden sie eine Zeichenstunde erleben, mit mir, der soeben aus dem Hotel hier angekommen ist.

Die Kinder wirken munter und aufgeschlossen, und der letzte von ihnen, der mich erblickt und erkannt hat, kommt strahlend zu mir und sagt anerkennend:

»Sind schön, die Hocker, die du gemacht hast!«

Da mir so schnell keine Klarstellung einfällt, glaubt der Junge, der inzwischen weit über zwanzig sein dürfte, ganz bestimmt noch immer, dass ich so ganz nebenbei ein begnadeter Polsterer bin.

Kostümfest

Einmal im Jahr bin ich umgeben von Polizisten, Rittern, Prinzessinnen, Vampiren, Räubern, Feuerwehrmännern, Cowboys, Piraten, Indianern, Astronauten, Teufeln, Clowns und Außerirdischen.

Beim letzten Mal war sogar Harry Potter dabei.

Einmal im Jahr, kurz vor den Winterferien, bin ich Gast der Berliner Zille-Schule. Alle Kinder und Lehrer sind kostümiert.

Nur ich bin in Zivil und zeichne für die Erstklässler.

Aber die halten mich sowieso für verkleidet.

Tiere

Auch wenn alle Kinder sehen, dass meine gezeichneten Tiere nicht unbedingt der Wirklichkeit entsprechen, so fragen mich viele doch, woher ich offensichtlich weiß, wie sie eigentlich aussehen.

Ich erzähle ihnen dann von meiner »Lehrzeit« im Berliner Naturkundemuseum, wo die Tiere so schön stillhalten, weil sie präpariert sind, dass sie dort nicht so wackeln wie im Zoo oder Zirkus. Und dass ich als Kind dort Lieblingstiere hatte, die ich oft und gern gezeichnet habe, die Löwengruppe, den Gorilla Bobby, die Nashörner und den Schabrackentapir.

»Schade«, sagt ein Mädchen sehr ernst, »mein Meerschweinchen ist ganz neu. Das dauert noch Jahre, bis es ausgestopft werden kann.«

Befragung

Ich vermute, allen Kollegen wird es ähnlich ergehen, wenn die Lehrerin am Ende der Veranstaltung die berühmte Frage stellt:

»Sind Sie noch bereit, den Kindern ein paar Fragen zu beantworten? Sie haben sich nämlich auf Ihren Besuch sehr schön vorbereitet.«

Und dann gehts los:

»Wie alt sind Sie?
Sind Sie verheiratet?
Wieviele Kinder haben Sie?
Wie alt sind Ihre Kinder?
Welches Auto fahren Sie?
Was verdienen Sie?
Wieviele Bücher haben Sie schon geschrieben?
Wieviele Bilder haben Sie gemalt?
Macht Ihnen das Zeichnen Spaß?
Wo waren Sie schon überall?
Haben Sie Tiere?
Haben Sie Vorbilder?«

Das ist Standard.

Dann folgt die Kategorie:

»Wie finden Sie Harry Potter?
Haben Sie einen Computer?
Können Sie Aliens erfinden?
Haben Sie schon Trickfilme gemacht?
Zeichnen Sie auch Comics?«

Dies alles lässt sich im Gegensatz zur ersten Abteilung kinderleicht beantworten.

Da kommt oft die wirklich zauberhafte, etwas hinterlistige Frage.

»Sind Sie gern zur Schule gegangen, und wenn ja, warum?«

Logik

Wenn ich in eine Klasse komme, zeichne ich zu Beginn irgendetwas Verrücktes an die Tafel, sehr oft unseren Kater Koschi, am Tisch sitzend mit Serviette und Besteck, auf seinen Teller mit dem kleinen Fisch starrend. Nach dem Gelächter der Kinder frage ich manchmal, ob sie selbst Tiere hätten. Das hat zur Folge, dass oft die halbe Veranstaltungszeit draufginge, zählten alle ihre gefiederten, geschuppten oder behaarten Freunde auf.

Wenn jemand Pferde, Hühner, Gänse, Kühe, Schafe und Schweine nennt, weiß ich aus Erfahrung, dass dieses Kind vermutlich auf einem Bauernhof lebt. Aber wenn Zebrabarben, Guppis, Wellensittiche, Beos, Schildkröten, Zwerghasen, Ratten, Meerschweine, Goldhamster, Chinchillas und Leguane aufgezählt werden, gibt es nur die logische Erklärung eines Mitschülers auf Grund meines Erstaunens: »Kein Wunder, die ham ja den Zooladen unten am Markt!«

Das ist Herr Bofinger

Begrüßung

Als ich mich von den Grundschülern in Döbeln verabschiede, bittet mich ein Junge um meine Adresse.

Am übernächsten Tag komme ich zurück nach Berlin und habe bereits Post von ihm.

Gespannt öffne ich den Umschlag.

Auf einem gefalteten großen Blatt ist eine kleine zarte Bleistiftzeichnung, eine dünne Wurst mit einem Punkt.

Darunter steht nur eine einzige Zeile:

»Ein Regenwurm für Manfred.«

Synchron

Manchmal erfinden wir Drachen, jeder für sich, die Kinder ihren eigenen, und ich zeichne an die aufgeklappte Tafel ein Riesenvieh, eine Kreatur, geschaffen nach den Wünschen und Vorgaben aller Kinder.

»Denkt daran,« sage ich, »euer Drachen kann aussehen, wie ihr ganz allein es wollt. Er kann Klamotten anhaben, er kann eine Brille tragen, einen Bart und eine Zipfelmütze, er kann acht Flügel haben, drei Bauchnabel, zwei Draculazähne und einen Auspuff!«

Alle lachen sich scheckig.

»Er kann groß und dick sein wie ein Berg. Eines Tages schaut er vielleicht hier oben durchs Fenster!«

Alle blicken entsetzt nach draußen.

»Oder er klopft an eure Klassentür!«

In dem Moment klopfts.

Niemand ruft herein.

Totenstille.

Die Lehrerin schleicht zur Tür und öffnet.

Und eine strahlende Direktorin fragt:

»Darf ich bitte ein wenig zuschauen bei Ihrem Zeichenunterricht?«

Schulspeisung

Die drei Schülergruppen, die mich erwarten, passen nur in den Essenraum, da die Klassenräume zu klein sind und die Aula umgebaut wird. Die vertrauten Schulgerüche meiner Kindheit steigen mir in die Nase, und ich sage den Schülern:

»Genauso hats auch in den Essenräumen gerochen, in denen ich als Kind gesessen habe.«

»Bei uns gibts jeden Tag was anderes«, ruft ein Junge, »aber es riecht auch immer gleich!«

Erkenntnis

Natürlich weiß ich längst, dass mich die kleinen Freundinnen und Freunde meiner Kinder stets für überaus fleißig hielten, auch wenn ich ihrer Meinung nach einen nicht so richtigen Beruf habe. Denn als die Mitschüler meines Sohnes alle das gleiche Lehrbuch mit meinen Illustrationen in der Hand hielten, dachten sie, ich hätte jedes einzelne Buch bebildert. Der Trick mit der drucktechnischen Vervielfältigung ist kleinen Kindern nicht vertraut.

Als meine jüngste Tochter Luise im Vorschulalter ist, bringt sie ihre Freundin Aileen mit nach Hause. Mein Atelier ist immer offen.

Als die kleine Besucherin mich begrüßt und sieht, dass im Raum viele Zeichnungen ausliegen, die ich gerade koloriere, stemmt sie ihre Arme in die Seiten und sagt erstaunt:

»Ich hab mich schon immer gewundert, wer bei euch die ganzen Bilder ausmalt!«

Dichtung und Wahrheit

Es gibt Augenblicke im Leben, wo ich nicht sicher bin, ob ich einem Kind die Wahrheit sagen oder es belügen soll, zur Zufriedenheit beider.

Oder ist es etwa leicht, einem Kind zu antworten, das gerade voller Begeisterung über unser Zusammentreffen mit leuchtenden Augen die Frage stellt:

»Haben Sie eigentlich auch ›Das kalte Herz‹ geschrieben?«

Im Jerichoer Land

Im Musikzimmer einer Magdeburger Schule erwarten mich drei dritte Klassen, dicht hinter- und nebeneinander wie die Hühner auf der Stange. Es ist sehr früh am Morgen. Die Kinder wirken, im Gegensatz zu mir, sehr ausgeruht. Sie schauen mich neugierig an, als ich den Raum betrete, und sind erstaunlich leise.

Da ertönt dicht hinter mir eine Lehrerinnenstimme, lauter als die Trompeten von Jericho:

»Nun wollen wir alle mal ganz leise sein!!!!!!!!!!«

Karriere

Mein alter Freund Arnold ist der nördlichste Fischer der Insel Rügen.

Da wir beide große Pinguinfans sind, schlägt er mir im Urlaub vor, schon zeitiger als sonst an diesem glühend heißen Sommertag vom Strand zurückzukommen, da im Fernsehen ein Film über die Antarktis laufen soll.

Sonnenverbrannt sitzen beide Familien bei Kaffee, Kuchen und eisgekühltem Doppelkorn im gemütlichen Zimmer, der Fernseher läuft, der Film beginnt, und, um es kurz zu machen, es wird kein einziger Pinguin in ihm vorkommen.

Im Schneegestöber landet ein Hubschrauber, ein Forscherteam aus der DDR soll ausgetauscht werden. Die Kamera schaukelt durch die kleinen Räume der wissenschaftlichen Station, lässt uns nach links und nach rechts schauen, verweilt pötzlich an einer Tür mit einem farbigen Plakat. Ranfahrt. Bildfüllend.

Und, ich traue meinen Augen nicht, es ist ein älteres Poster von meiner Hand:

Albert Einstein, der entmutigt viele Versionen seiner Relativitätstheorie durchgestrichen und zerknüllt hat, wird von einem verständnisvollen Kollegen mit den Worten getröstet:

»Verzweifle nicht, mein Lieber, denk an die vielen kleinen Thälmannpioniere mit ihren großen Forschungsaufträgen.«

Wir alle sind wie vom Donner gerührt.

Ich natürlich besonders.

Da hängt doch tatsächlich eine Arbeit von mir am Südpol!

Nun muss nichts mehr von mir, denke ich, in der Tate Gallery hängen, nichts im Prado oder Louvre und nichts in der Ermitage.

Ich habs geschafft!

Dank

Gar nicht selten habe ich das Vergnügen am Ende einer turbulenten Zeichenstunde, wenn mein Zeichenstift glüht, weil jedes Kind sein versprochenes Bild von mir bekommen hat, wenn ich erschöpft aber entspannt meine Tasche packe, dass genau in diesem Moment ein Kind sehr laut sagt:

»Aber meine Mutter kann *richtig* malen!«

Die dritte Dimension

Ich besitze eine einzigartige Sammlung.

Die wichtigsten Figuren aus Kinder- und Bilderbüchern, die ich gezeichnet habe, wurden mir im Laufe vieler Jahre von Kindern zugesandt oder überreicht, als kleine Plastiken aus Brennknete.

Sie sind aus der Zweidimensionalität einer Buchseite von kleinen »Bildhauern« in die dritte Dimension erhoben worden. Ich kann meine Kreaturen plötzlich von allen Seiten betrachten, die Katze Lisbeth und den Hund Arko, den Drachen Ticki Mumm und den Räuber Kassa Rabiatas, den Hasen Schnellläufer und den Vogel Albert.

Kindern, die sich gerade ein Selbstporträt von mir gewünscht haben, erzähle ich von meiner Sammlung und frage sie, ob sie mich denn vielleicht nicht auch aus Suralin formen könnten, sozusagen als tolle Ergänzung zu meinen Phantasiegestalten.

»Nein«, sagt ein Junge bedauernd, »soviel Knete hat kein Kind.«

Namen-Los

Immer, wenn ich mit meinem Kollegen Jens Sparschuh eine gemeinsame Kinderveranstaltung habe (während er liest, zeichne ich synchron auf große Blätter), erleben wir dasselbe:

Die Geschichten von Parzival Pechvogel, dem Stinkstiefel, der Schönen Belinda und ihrem Erfinder nehmen alle ernst, auch wenn sie noch so phantastisch und kurios sind.

Aber unsere Namen finden alle zum Totlachen.

Keins der Kinder glaubt, dass wir wirklich so heißen:

Sparschuh und Bofinger.

Marko Kurius, 6a

M. Manfred Bofinger

Freiheit

Ich sitze am Lehrertisch, vor mir das Blatt mit dem gerade gezeichneten Hahn und koloriere ihn mit meinen dicken Buntstiften.

Die Erstklässler staunen.

Sie sind geradezu fassungslos:

»Du darfst ja rübermalen!«

Entsetzen

Ich mache mal wieder mit kleinen Kindern mein »Verpackungsspiel«.

In einfachen Formen, die Pakete darstellen, sollen sie bekannte, vertraute Dinge entdecken.

In einem fünfzackigen Sternpäckchen könnte zum Beispiel eine Puppe, ein Seestern, ein Hampelmann oder das Kind selbst stecken.

Das Spiel endet immer damit, dass die Kinder auch mir Rätsel aufgeben.

Und oft, zum Entsetzen der Erzieherinnen, versteckt mir ein grinsender Grundschüler beispielsweise in seiner Verpackung eine Klobrille, einen Puller, ein Kondom, einen Tampon, Hundekacke oder Rotze.

Mich amüsiert dies natürlich gewaltig, und ich bemühe mich tapfer, diese Vorschläge total ernst zu nehmen, so zu tun, als wären sie für mich das Normalste von der Welt.

Während ich mühsam meine Haltung bewahre, flüstert eine verstörte Lehrerin hinter mir:

»Oh mein Gott, ausgerechnet Florian!«

Und ich spüre, dass sie am liebsten sofort Verbindung aufnähme.

Mit Professor Sigmund Freud.

Erwischt

In einer Schule der Oberlausitz überkommt mich der absurde und gottlob bisher einmalige Drang, den Kindern einer dritten Klasse meinen Beruf erklären zu wollen.

Ich zeichne nichts an die Tafel, sondern erzähle ihnen, vermutlich sehr umständlich und langatmig, was ich so mache, womit ich mich demnächst befassen werde, welche Farben ich benutze und wieviele Bücher ich schon illustriert habe.

Über zwanzig Minuten rede ich auf die sehr ernsten Kinder ein.

Ich fühle mich großartig.

Nun müssten sie alles verstanden haben und mich beneiden um meine interessante und spannende Tätigkeit als Zeichner.

Die Kinder sitzen mucksmäuschenstill vor mir mit kreisrunden Augen.

Sie sind, das fühle ich, zutiefst beeindruckt von meinen Worten, einfach sprachlos.

Und ich frage selbstbewusst und zufrieden:

»Nun, habt ihr vielleicht noch eine Frage an mich?«

Ein Mädchen meldet sich unsicher:
»Herr Bofinger, was sind Sie von Beruf?«

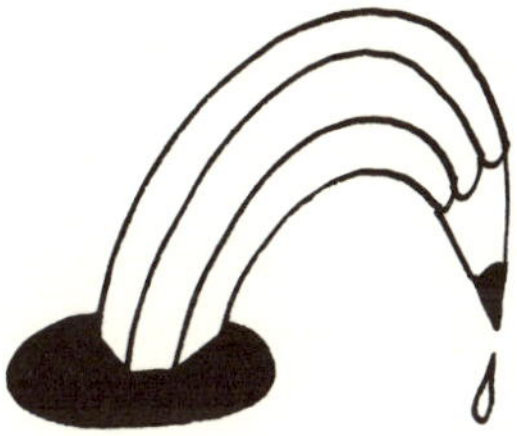

Disziplin

Das folgende Erlebnis in einer märkischen Grundschule hat sich glücklicherweise bisher nicht wiederholt.

In einer ersten Klasse soll ich auf die Tafel viele lustige Figuren zeichnen, aber es gelingt mir nicht. Nicht etwa, weil die Kreide versagt oder ich nicht in Hochform wäre.

Der wahre Grund ist ein anderer, und er steht leibhaftig neben mir, mit Brille und Schwamm.

Zum ersten Mal in seinem Erstklässlerleben, in der letzten Schulpause, hatte dieser kleine Knirps, der immerzu meine Bilder abwischt, bevor sie fertig sind, Tafeldienst.

Und diesen Auftrag nimmt er sehr ernst, auch nach der Pause noch, wie ich nun erfahren muss.

Er lässt sich vom Wischen nicht abbringen, weder von den protestierenden Mitschülern, noch von der hilflosen Lehrerin.

Und von mir schon gar nicht, denn ich bin ja der, der immerzu die Tafel vollkritzelt.

Nur mit vereinten Kräften gelingt es uns schließlich, ihn davon zu überzeugen, dass meine Zeichnungen wenigstens bis zur nächsten Pause an der Tafel bleiben dürfen.

Ich bin froh, doch wie aus dem Wasser gezogen.
Schwamm drüber.

Lob

Ein befreundeter Bibliothekar aus Würzburg fährt mich aufs Land. In einem Gemeindekindergarten erwarten mich aufgeregt und erwartungsvoll die ältesten Zwerge, denn sie wissen, dass ich ein Maler bin.

Aufgeregt sind auch die Erzieherinnen, und sie stellen mir, wie so oft, gleich zu Beginn das Problemkind vor. Sie wollen es nicht ausschließen, aber ich sollte es stets im Auge haben.

Das Problemkind benimmt sich ziemlich normal, finde ich, ist möglicherweise sogar eifriger und phantasievoller als die anderen. Nichts Ungewöhnliches passiert. Zum Schluss sitze ich auf der Erde und zeichne Figuren für die Gruppentüren. Die Kinder kichern und grölen. Nur das Problemkind ist still. Es steht hinter und über mir, zieht sanft mit seinem rechten Zeigefinger unentwegt Kreise und Spiralen auf meinem kahlen Kopf und sagt versonnen: »Du hast ja schon Haare.«

Horror

Ich fürchte mich vor den sogenannten »offenen« Grundschülerveranstaltungen. Nicht etwa, weil fünf, fünfzehn, fünfzig oder gar fünfhundert lärmende Nachmittagsmenschlein den vorgesehenen Raum stürmen könnten, sondern weil fast immer ein einziges Kindlein dabei sein wird, zwei bis drei Jahre unter dem angegebenen Alterslimit, meist an der Hand einer lächelnden Großmutter, die mir erklärt, dass dieses bezaubernde Enkelchen von ungewöhnlicher Reife und Begabung sei.

Natürlich ist das kleine Genie in der folgenden Stunde hoffnungslos überfordert, es schreit, trampelt und lässt sich auf den Boden fallen.

Aber die Oma hält tapfer durch.

Und ich auch, in der trügerischen Hoffnung, dass so etwas nie wieder passieren wird.

Wünsche

Ich bin fest davon überzeugt, dass mich kein Kind dieser Welt mehr mit einem Zeichenwunsch überraschen kann, denn ich habe, so denke ich, schon alles zu Papier gebracht:

Riesen, die in das Brett eines eines zehn Meter hohen Sprungturms beißen

Rauchende Pinguine und Hamster

Fußballspielende Taranteln

Tausendfüßer im Nachthemd

Lehrer mit Schlappohren und Nasenwarzen

Schnecken mit Raketenantrieb

Babys mit Lederhose

Kraken mit hilflosen Tauchern

Gorillas am Computer

Abstürzende Bergsteiger mit Sprungfeder

Hängebauchschweine mit Büstenhalter

Skispringende Omas

Dinosaurier auf dem Klo

Muscheln mit Reißverschluss

Fliegen beim Zähneputzen

...

Nichts ist den süßen Kleinen heilig.
Und ich stecke da voll mit drin.

Porträts

Manchmal bittet mich ein Kind, ein Porträt von ihm zu zeichnen.

Das mache ich dann auf meine Weise.

Bisher gab es selten Ärger.

So entstehen immer wieder aufs Neue Katzen mit Sommersprossen,

Löwen mit Zöpfen,
Elefanten mit Brille und Himmelfahrtsnase,
Pferde mit »Pferdeschwanz«,
Frösche mit Basecap
und Hunde mit Zahnspange.

Vertretung

Vom Berg, auf dem der Leuchtturm von Arkona steht, laufen aus einer Menschentraube zwei Mädchen auf mich zu:

»Herr Schack, Herr Schack!«

Ein paar Meter vor mir bleiben sie enttäuscht stehen.

»Ich bin nicht Herr Schack«, sage ich, »aber ich kenne ihn gut, euern Herrn Schack und werde ihn in Berlin bei nächster Gelegenheit von euch grüßen.«

Da atmen sie erleichtert auf und wissen nun: Alle Zeichner mit runder Brille und Vollbart kennen sich.

Der König der Wüste

Es sind die Tage der Kinderliteratur in Frankfurt. Ich habe meine erste Veranstaltung. Die erste ist immer wichtig für die Stimmung an allen Tagen.

In einer 5. Klasse zeige ich den Schülern meine neuesten Bücher und male mit ihnen gemeinsam Albernheiten.

Die Kinder sind ungeheuer phantasievoll und vergnügt, und die Stunde ist wie so oft viel zu kurz.

Es klingelt.

Alle packen ihre Mappen und haben es eilig.

Sie müssen zum Essen.

Ein ernster Junge, der mir vorher nicht aufgefallen war, steht im Trubel plötzlich vor mir und sagt:

»Herr Bofinger, ich kann übrigens brüllen wie ein Löwe.«

Erstaunt sehe ich ihn an und sage: »Na, dann mach's mal!«

Er sagt: »Moment bitte«, stellt die Mappe auf den Boden, legt die Hände an die Hosennaht, und dasselbe ernste Gesicht stößt tatsächlich ein ungeheures Löwengebrüll aus, »Uaaaaaahhhhh!!!!«, sodass danach Totenstille herrscht.

Ich bin total beeindruckt: »Mein Gott! Das ist ja unglaublich.«

Er sagt: »Ich mache das meistens nachts.«

Ich frage: »Was meinen denn deine Eltern dazu?«

Und er antwortet: »Meine Eltern schlafen wie Steine«, nimmt seine Mappe, verabschiedet sich höflich und schreitet wie ein König würdevoll aus dem Raum.

Keins von den Kindern hat den Raum verlassen, möglicherweise kannten ihn alle bisher nur als unauffälligen Mitschüler ohne großartige Leistungen.

Neidvoll und bewundernd haben sie ihm ein Spalier gebildet.

Vorwurf

Am Ende eines gemeinsamen Zeichenspiels dürfen sich die Kinder stets von mir ihr Lieblingstier wünschen. Alle stehen dann um meinen Tisch herum und schauen mir beim Zeichnen zu. Erstaunt, möglicherweise sogar enttäuscht, sehen die Kinder, dass meine Tierwelt nicht so ganz ihren Erfahrungen entspricht.

Pferde, sehr sportlich gekleidet, machen Jogging.

Schnecken rasen auf Skateboards durchs Bild.

Kängurus transportieren Kleinkinder im Beutel.

Eisbären lutschen Eis.

Und dann passierts fast immer:

Ein Kind lacht schallend los.

Und ein anderes sagt sehr streng und vorwurfsvoll:

»Lach nich, du kannst dis ja selba nich bessa!«

Briefe aus grauer Vorzeit

(Ein Brief kostete damals 20 Ostpfennige.
Kinder mussten nicht
unbedingt ihr Sparschwein schlachten,
um mir zu schreiben.)

Lieber Manfred!
Jetzt habe ich Maiferien und Zeit Dir zu schreiben.

Wir haben uns in einer Veranstaltung in Neuenhagen getroffen.

Ich gehe viel in Kulturveranstaltungen mit meiner Mutti.

Auch in Konzerte, dort ist es aber oft langweilig.

Bei Dir war es lustig. Ich kann nicht besonders gut zeichnen, dafür kann ich gut rennen, aber ein Beruf wird das nicht.

Mache du weiter solche schönen Bücher für uns!

Aus dem Urlaub schreibe ich wieder.

Grüße die Familie und die Katzen.

Dein Gordon

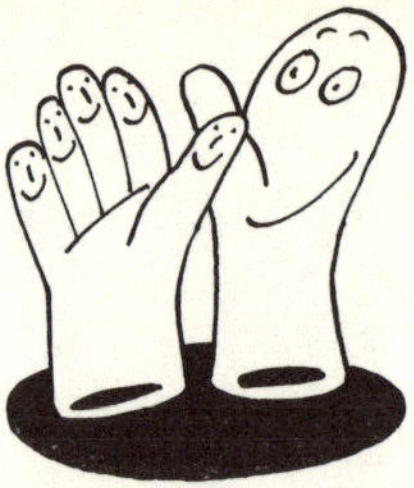

Lieber Herr Bofinger!
Wie geht es Ihnen? Mir geht es gut. Als es am Sonntag so geschneit hat, sind wir Auto gefahren. Ganz schön rutschig.

Ich muß jetzt auch schon manchmal mit Fenster zu schlafen, weil es so kalt ist. Was machen Sie sonst noch so? Zeichnen Sie wieder für die Bücher? Wir bekommen gerade ein neues Toilettenbecken und neue Wasserhähne.

Ein Frohes Fest wünscht Ihnen Mario und Mutti

Lieber Manfred Bofinger
male mir bitte ein Ungeheuer
und es soll auf ein A3 Blatt sein.

Lieber Manfred!
Wie geht es Ihnen? Mir geht es gut!

In der Schule bekomme ich einzen, zweien und ganz selten eine drei.

Was machen Sie in Ihrer Freizeit?

Ich spiele im Hort und unten.

Ich übe auch Flöte.

Ihr Sebastian!

Lieber Manfred Bofinger
Mir geht es sehr gut in Bad Kösen. Und Ihnen?

Bei uns hat es sehr Viel geschneit. Der Schnee lag 4 Tage Lang ich bin da mit den Kleitschuhen gefahren es war herlich.

Bei uns ist Heiko in die Saale gefallen sie haben in wieder herausgeholt er ist in das Krankenhausgefahren.

Jens B...

Lieber Manfred!
Ich sende Dir schöne Zeilen. Bitte Manfred schicke mir eine hübsche Katze, die mit einer Maus tänzelt, die Katz im Anzug mit Schlips und die Maus im Hochzeitzkleid.

Viele Grüsse von Konstanze

Lieber Manfred Bofinger!
Ich will Dir einmal schreiben. Auf welche Fußballmannschaft halten Sie? Ich halte auf Dynamo Dresden.

Ich spiele bei Lok Döbeln Fußball. Ich wünsche Dir ein gesundes neues Jahr! In der Schule bin Ich ganz gut. Die Skispringer aus der DDR sind sehr gut. Wir haben ein Meerschwein.

Viele Grüße von Roman S...

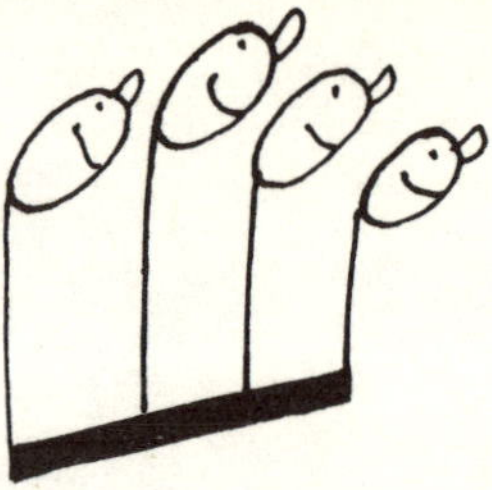

Lieber Herr Bofinger!
Wir sind gut in Klein-Vater angekommen das Wetter beständig doch das Wasser ist Warm Wir gehen oft baden Ich gründe aus mir und einigen Kameraden eine Musikgruppe und haben schon einige Hits auf Lager. Wir treiben hier oft Sport und heute ist Disco. Ich habe schon eine Freundin. Aber das wir 2 Stunden Mittagsruhe haben ist Scheiße. Daniel liegt schon wieder im Krankenhaus. Im Lager bei uns ist sehr viel Platz für Spiele Sport und angeln.

Tschüs Ihr Gregor ...

Werter Herr Bofinger!

Es schreibt Ihnen eine Mitschülerin aus der Klasse 4b, Kati ...

Können Sie sich an die Drachen erinnern? Auf dem Bild ist Bibbi zusehen. Bibbi ist ein Hund. Was haben Sie für Tiere?

Wieviel Kinder haben Sie? Schreiben Sie bitte von Ihren Tieren.

Ich würde mich sehr freuen.

Viele Grüße Kati T...

Lieber Herr Bofinger
Ich möchte mich noch einmal sehr für diesen schönen Pioniernachmittag bedanken.

Seit dem Sie uns solche lustigen Zeichnungen gemalt haben versuche ich Ihnen nachzuarmen.

Ich würde mich sehr freuen, wenn Sie mir eine Zeichnung irgend einer Märchenviegur zeichnen würden z. u. Dornröschen, oder Schneeweischen u. Rosenrot, Rapunsel kurz gesagt

die Märchenviegur die Sie am besten zeichnen können.

Janine L..

Lieber Manfred Bofinger!
Ich heiße Perry N... und bin 12 Jahre. Haben Sie Kinder?

Was arbeiten Sie eigentlich? Sie müssen einen schönen Beruf haben. Er gefällt mir sehr. Ich intressiere mich sehr für Bilder und Poster. Ich sammele schon viele Jahre (3) Bilder und Poster. Sammeln Sie Abzeichen? Ich sammele schon 6 Jahre Abzeichen. Nun muß ich zum Schluß kommen.

Viele grüße Ihr Perry

Lieber Manfred Bofinger!
Ich habe eine Frage an sie, könnten sie mir bitte mal einen Schlumpf malen? ich würde mich sehr freuen. Denn Hamster habe ich auch noch, denn sie mir gemalt haben als sie in Forst waren. Kennen sie das Buch »Hinter einem Mäuerlein, sitzt ein dickes Bäuerlein« Ein Jahrbuch für Kinder. Ich glaube sie kennen das Buch, denn sie habe auch Bilder drin gemalt.

Waren sie mal wieder im Ausland oder wo anders?

Aufwiedersehn Ulrike aus Forst

Ich Möchde Malen
Griebner
karoline

Herr Bofinger Live
Lieber Herr Bofinger,
Es hat Spaß mit Ihnen gehmacht. Sie sind sehr nett.

Werter Herr Bofinger!
Guten Tag! Wenn sie diesen Brief lesen, dann werden sie sich wundern, ganz sicher wundern wo dieser Name, völlig fremde Name so urplötzlich herkommt. Doch dazu ist gar kein Grund.

Ich bin ein zehnjähriges das aus Cottbus genauer aus der kleinen Bibliothek aber schönen Bibliothek kommt. Ich heiße Doreen Z... (wie Sie sicher schon bemerkt haben) und habe viele Hobbys.

Ein großes Hobby ist das Handballspielen bei Fortschritt Cottbus AK 11 weiblich. Zur Zeit sind wir 2. im Bezirk und es macht mir riesen Spaß! Andere Hobbys sind lesen, dichten und Briefmarken sammeln. Natürlich darf man auch die Tiere nicht vergessen! Zu Hause habe ich zwei Meerschweinchen sie heißen Purzel und Jecki. Doch nun zu Ihnen. Ich fand es toll wie sie sich für die Zeichenzensuren eingesetzt haben und bin der festen Meinung: »Menschen wie sie kann unser Staat gebrauchen.

Doch was nützt die Stimme eines kleinen Mädchens? Ich glaub nicht viel. Ich hoffe jedenfals das sie es schaffen und drücke beide Daumen. Doch nun werde ich schließen mit meinen Worten:

Nun jedoch geht mir die Puste aus,
muß jetzt aus den Sachen raus,
hinein ins Bett
es ist schon spät
Bevor der Tag zur Neige geht.

Auf Wiedersehen sagt Ihnen die kleine Cottbuserin Doreen!!!!!!!!

Lieber Herr Bofinger!
Ich möchte mich noch einmal persönlich bei Ihnen bedanken.

Mir hat es sehr gefallen. Nun möchte ich mich einmal vorstellen.

Ich bin Manja G... und habe eine ältere Schwester. Sie ist 14 und ich 11 Jahre alt. Mein Geburtsdatum ist 12. 7. 77. Ich habe auch einen Vogel. Er ist 1 Jahr und auch sehr lustig. Jocky heißt er und sagt schon viele Wörter. Zum Beispiel: Komm, komm, Komm her Jocky, Jocky, Jocky und Dickerchen.

Tschüß Manja

Lieber Manfred!
Ich möchte bitte ein Pferdekopf. Du malst ihn bestimmt. Ich bitte dich. Schicke mir den Pferdekopf schnell. Ich habe mir schon lange einen gewünscht. Das wär seher schön wenn du mir ein schicken würdest. Dann möchte ich noch einen schönen Hund gemalt haben. Das wärs. Ich muß schluß machen.

Das schrib Deine Manja aus der 4a, Schicke es Bald.

12. 6. 85

Lieber Manfred B!
Wie geht es ihnen, Mir geht es sehr gut. Das Wasser ist sehr warm. Aber das Wetter ist sehr schlech. Bei uns gibt es zum Mittag Pilze. Und zum Frühstück Blaubeer Marmelade. Die Blaubeer Marmelade schmeckt sehr gut.
Tschüß von Sabine

Lieber Herr Bofinger!
Hoffentlich gefällt Ihnen das Bild. Ich würde mich freuen wenn sie mir vieleicht ein lustiges Bild malen. Fällt Ihnen das Zeichnen schwer oder leicht? Ich male zu Hause auch oft. Nur das Problem ist das ich manchmal nicht weiß was ich malen will Sonst weiß ich nicht was ich schreiben könnte.

Viele Grüße Isabella

28. 11. 87

Lieber Herr Bofinger!
Mir hat der Pioniernachmittag sehr gefallen. Die Figuren haben mir am schönsten gefallen. Den Pioniernachmittag haben Sie sehr schön gestalltet. Ich hatte nichts auszusetzen.

Ich habe zu Hause schon viele Drachen und Fratzen und Schweine und v. a. Figuren gemalt. Ein Schweindas ich gezeichnet hatte möchte ich schickken.

Viele Grüße sendet Ihnen Ihre Janine B...

Havelberg d. 28. 6.

Lieber Manfred Bofinger!
Nie im Leben werde ich diesen Tag vergessen. Nie!

Und gleich konnten wir nach Hause gehen. Erst mal muß ich mich ja vorstellen. Also ich heiße Kerstin E... und komme aus Cottbus. Die Autogramme müßen wir alle noch in den Literaturhefter kleben. Schade! Auch bin ich 10 Jahre und wurde am 16. 4. 1978 geboren. Meine Freundin heißt Steffi. Sie geht auch in eine Klasse mit mir. Es ist die die gesagt hat: »Nun wasch ich mir nie wieder die Hand.« Unsere Lehrerin heißt Frau R...

Sie unterichtet auch Mathe (gerade nicht mein Fall) und Geograhie. Ich hoffe doch das ich das Wort richtig geschrieben habe. Wenn sie mir auch einen Brief schicken werde ich jede Frage beantworten. So weit wie ich es vermag. Ich besitze auch ein Haustier. Es ist ein Wellensitich und er heißt Tomi. Meine Mutter arbeitet in Peitz in der Apoteke. Mein Vater heißt mit Vornamen Gerald und arbeitet in der NVA. Ich hoffe das ich mich deutlich genug überall ausgedrückt habe. Bis bald! Denn ich muß jetzt schließen wenn meine Mutti nach Haus kommt und sieht das ich noch nicht aufgewaschen habe gibt es Krach!

Tschüß sagt Kerstin

9. 11. 1988

Manfred deine malkunst Gefalen mir ser ich habe nemlich ein buch von dir von Henrik

Guten Tag Manfred Bofinger!
Ich möchte ihnen heute ein paar Zeilen schreiben. Wie geht es ihnen eigentlich? Mir geht es recht gut.

Wie war es ihn Sri Lanka? Ich hoffe das es ihnen gefallen hat.

So jetzt fängt ja wieder die Schule an. Schreck laß nach.

Wo fahren sie denn als nächstes hin? Mein Zeugnis sah so aus:

Betragen: 1
Fleiß: 1
Ordnung: 1
Mitarbeit: 2
Deutsche Sprache u. Literatur: 2
Muttersprache: 2
Mündlich und schriftl. Ausdruck: 2
Grammatik/Orthographie: 3
Russisch: 2
Ma: 2
Physik: 2
Chemie: 2
Biologie: 2

Geo: 2

ESP[1]: 3

TZ[2]: 2

PA[3]: 1

Geschichte: 2

Staatsbürgerkunde: 3

Zeichnen: 2

Musik: 2

Sport: 2

En[4]: 2

So das soll es kurz gewesen sein

1 Einführung in die sozialistische Produktion
2 Technisches Zeichnen
3 Produktive Arbeit
4 Englisch

Und ein Brief

aus der Neuzeit

Lieber Herr Bofinger,
mein Name ist Katharina D… und ich bin 11 Jahre alt, ich habe Ihre Adresse bei den »Berliner Märchentagen« erhalten.

Ich bedanke mich sehr herzlich für Ihre Wellensittichzeichnung, weil ich auch einen Wellensittich habe Namens Olli, er ist zahm und frech. Manchmal stenkere ich mit ihm.

Ich habe auch zwei Schwestern. Eine hat zwei Kinder, einen Jungen und ein Mädchen. Meine andere Schwester arbeitet im Metzer Eck, ein sehr zu emphelendes Restaurant. Ich habe am 1. Dezember Geburtstag, darauf freue ich mich sehr. Meine Hobby's sind, zeichnen, Briefe schreiben, lesen, tanzen, Blockflöte und singen. Wie lange haben sie gebraucht um so gut zeichnen? Sie haben neue Bücher geschrieben wo kann ich mir diese Bücher kaufen?

Auf Wiedersehen Ihre Katharina

Berlin den 9. September 1994

Ängstlichkeit

Neulich rief eine Kinderbibliothekarin an:

»Also nein, Sie sehen ja genauso aus wie Ihre Zeichnungen!«

Seitdem zeichne ich sehr behutsam, ein wenig ängstlich, fast verkrampft.

Inhalt

ISBN 3-351-02974-8

1. Auflage 2003

Einbandgestaltung Henkel/Lemme
Druck und Binden Ebner & Spiegel, Ulm
Printed in Germany

www.aufbau-verlag.de

Für
Manfred
Bofinger

SCHOLL SCHULE
KLASSE 4a

Ich Möchte Malen
Griebner
karoline

Das ist Herr Bofinger

Marko Kuring, 6a